丢失的星星

［德］卡特林·沙特　文

［德］拉里莎·劳勃　图

高湔梅　译

献给特尔玛、埃米莉和莱亚
献给埃里克·米特曼，他总在留意着头顶上所有的星星

上海教育出版社
SHANGHAI EDUCATIONAL
PUBLISHING HOUSE

这是一个普普通通的夜晚，一轮圆月挂在夜空，
繁星闪烁……等一下！在闪烁星海的中央，是不是有
一块黑色的空档？那儿是不是缺了一颗星星？没错，
在这个普普通通的夜晚，的确是丢了一颗星星。这颗
星星的名字叫——艾斯米拉达。

附近的星星谁也不知道艾斯米拉达去了哪里。她失踪的消息飞快地传开。如果有人在这个夜晚仔细观察，就会看到星星们都在不安地闪烁着。很快，第一条传言就在星星之间散播开来：也许艾斯米拉达碰到了糟糕的事情？也许她被那帮自称为"黑洞"的歹徒挟持了？这伙歹徒在这里引发恐惧已经有一段时间了，有些星星消失后就再也没有出现过。

　　就连艾斯米拉达最好的朋友舒珀和布林克也不知道她到底藏到了哪里。他们急匆匆地找到满月先生，布林克跟在舒珀后面，吐着舌头喘着粗气。

圆滚滚的满月先生像往常一样，舒舒服服地坐在他那宽宽大大的沙发上。他向夜空望去，对于艾斯米拉达的消失，他还真没注意到。

　　"满月先生，真是太糟糕了，艾斯米拉达不见了！"舒珀老远就喊道。"这是怎么回事？"满月先生用低沉的声音问。"我们也不知道到底是怎么回事。"舒珀无助地揪着星星围脖说，"她就这样消失了。"

　　"对，还有还有……"布林克气喘吁吁的，他太惊慌了，浑身发抖，几乎说不出话来。他忽明忽暗地闪着红光。"别着急，别着急。"满月先生安慰他们说，"舒珀，你从头讲起，慢慢讲，艾斯米拉达是什么时候不见的？"

舒珀定了定神，开始说："我和布林克同往常一样，睡了一整天。我们知道艾斯米拉达也一样，一直睡到阳光夫人下了班，上了床，夜幕先生换上晚礼服。今天晚上，夜幕先生的登场还是那么充满戏剧性。""这个我也看到了。"满月先生边点头边附和。

　　"他每次出场都这么炫耀，而且还无休止地拖延时间。"舒珀抱怨道，"先是展现粉红色的透明内衣，然后披上尴尬的艳红色的长袍，最后装腔作势地甩开披风。"舒珀说着，甩了甩自己无形的披风，摆出夸张的姿势抬头望向远方。

　　"对了，这又是一件新的披风。您也注意到了吧，满月先生？要想视而不见还真难。"舒珀说得飞快，布林克费尽力气才能让自己的小耳朵跟上她的语速。他又开始闪着红光。"舒珀，你能不能说正事？"满月先生友好地问。舒珀连忙道歉："对不起。"

"是这样，闹钟响了，我和布林克起床，把我们的星星围脖擦亮。"舒珀说到这儿时，布林克迅速将自己围脖左边弄脏的不是特别亮的地方藏到了背后。"然后我们就钻进夜幕先生崭新的披风里。"舒珀接着说，"就像我们每天晚上做的，为的是给夜幕先生再助一把力，让他的登场更加绚丽多彩。有人为此向我们表示过感谢吗？我是说，根本别指望夜幕先生感谢你。"

　　"一点儿都别指望！"布林克附和道。因为生气，他围脖的左边高高地翘了起来。见满月先生皱着眉头看着他，布林克赶紧又把那块脏了的围脖藏到背后。满月先生眨了眨圆脑袋上的眼睛，咳嗽了两声。舒珀接着说："然后我们就发现……"她忽然压低了声音："艾斯米拉达不见了！她的口袋是空的。没留条子，没留口信，什么都没留下。"

一场大搜索开始了，星系里的每颗星星都热心地来帮忙。就连阳光夫人也打着哈欠来了，她当然关掉了光束，而且还戴着宽边帽。以她的知名度，在这么晚的时候出现，是要引起轰动的。甚至连夜幕先生也愿意帮忙，虽然他有点儿勉强。"其实我还有很重要的事情要处理。"他带着鼻音反复强调说。

　　夜幕先生的披风是这样的：它很大。想象一下浴室里的一小块地毯，再把你自己想象成脱袜子的时候掉下的一小根线头。对线头来说，地毯显得很大。现在再想象一下世界上所有浴室里的所有地毯，一块挨一块地连在一起，对于你这根线头来说，这片浴室地毯形成的海洋就真是巨大无比了。所以你偶尔感到迷惘也就不足为奇了。

夜幕先生的披风其实还要大，大到能装下所有的线头——也就是所有的星星。而那的的确确是许许多多的星星。也正是因为这样，夜幕先生总说他有没完没了的事情要处理。

尽管如此，夜幕先生也来帮忙寻找艾斯米拉达。他甚至捐献出急救箱里或大或小、或圆或厚的云朵，让星星们放在他们离开后的空位上。夜幕先生反复强调说，那些都是高质量的云朵，他只在抢修或者病假情况下才使用。他贡献出云朵来，是为了挡住那些空着的星星口袋，以免自己太没面子。他看着自己现在黯然无光的披风自言自语，虽然没有大声说出来，但所有人都明白他的意思。

这场搜索行动持续了一整夜，大家都觉得毫无希望了。星星们一个个疲惫地回到自己的位置上，他们相信，艾斯米拉达被一个凶恶的"黑洞"劫持了。

只有阳光夫人、舒珀和布林克不愿意放弃。他们找啊找，到处呼唤着艾斯米拉达的名字。

突然间，他们听到从一小块云朵后面发出的声响。是艾斯米拉达，艾斯米拉达哭泣着坐在那里。她的星星围脖奔拉着，悲伤极了。阳光夫人、舒珀和布林克不知所措地站在抽泣的艾斯米拉达身后，问她为什么哭。

"我太难过了！"艾斯米拉达哽咽着说。"你为什么难过呢？你可以告诉我们一切，我们是你的朋友，我们永远在你身边。"舒珀滔滔不绝地说着。阳光夫人撇了她一眼，她这才停了下来，轻轻地搂着艾斯米拉达的肩膀。

"我终于知道，我是一颗多小多没用的星星了！"艾斯米拉达沮丧地耸了耸肩膀，"在任何时候，从来就不会有任何人，哪怕只有那么一丁点儿注意到我。就算我消失了，也不会有人想念我。看看我，我就是一个多余的线头！在我周围有那么多星星，都比我明亮，比我灿烂，比我美丽。我的星星围脖太短了，太绿了，太胖了！这一切都毫无乐趣，毫无意义！我什么都不是！"艾斯米拉达抱怨着，又抽泣起来，"我宁愿在空气中消失，也比继续当一颗差劲的星星好！"

　　艾斯米拉达擦擦鼻尖，一颗闪亮的泪珠从她金绿色的眼睛里滚落下来，消失在夜幕先生的披风里。"到我这儿来。"阳光夫人说。艾斯米拉达耷拉着脸，爬到阳光夫人身上。阳光夫人紧紧地拥抱着这颗绝望的星星，一边安慰她，一边继续轻声说。

"我能理解你的感受，因为曾经有一次，我也有过相同的感受。我想，天哪，整个宇宙有这么多星系，有这么多恒星，谁还会需要再多一个呢？谁又会需要我呢？这种感觉不断纠缠着我，让我发疯！我相信，我的阳光是毫无用处的。"

　　艾斯米拉达和她的朋友们惊讶地望着阳光夫人。"你会说，我是毫无用处的吗？"阳光夫人问。艾斯米拉达使劲地摇头。"你看，你觉得我们为什么找你找了几个小时？我可以告诉你，这可不是什么好玩的事儿。一般来说，这个时间我早就上床睡觉了，要不然第二天我会看上去灰头土脸的！"阳光夫人的语调变得严厉了，艾斯米拉达不好意思地垂下眼帘。

"艾斯米拉达，我需要你，因为你能让我在大汗淋漓的一天后，晚上可以放心地上床休息。因为我知道，天空中不会留下空缺。"

"夜幕先生需要你，因为你和其他星星一起填满了他披风上的口袋。没有你，这个口袋看上去将是多么黑暗。而你知道，夜幕先生是那么的虚荣，即使只是差了一点点星光，对他来说也是灾难。"

"满月先生需要你，因为他是夜晚的父亲，你是他一个闪光的孩子。你告诉我，你的父亲如何能承受失去你？"

"还有地球上的人们，他们也需要你。你不知道吧，他们将星星连成了星座。他们经常仰望夜空，只为观察我们。我们的光芒为他们带去欢乐，使他们头脑清醒，而不是装满没用的想法，就像你此刻的想法一样。"

"如果你不在自己的位置上了，会发生什么呢？人们在抬头看我们的时候会说：天啊！艾斯米拉达不见了！这时我们该怎么办？人们会非常伤心。会有人望着星空说：看见夜幕中那个空着的位置吗？星座不完整了！艾斯米拉达曾经在那里发光，而现在，她不见了。"

　　艾斯米拉达瞪大了眼睛小声问："这是真的吗？关于星座的？"阳光夫人点点头。舒珀和布林克也跟着点头，虽然他们也是第一次听说这些。

　　艾斯米拉达的脸庞亮了起来，比十颗星星加在一起还要亮。她弹去星星围脖上的一粒灰尘，说："让我们回到自己的位置上去吧。夜幕先生再次登场之前，咱们还有好多事要做呢！"

就这样，当三颗星星匆匆飞回他们的口袋时，阳光夫人终于可以心满意足地钻回被窝了。三个好朋友飞过夜空，他们看到：一头公牛正用蹄子刨土，犄角朝外，目光炯炯；一只巨鹰的喙一张一合，羽毛几乎拂到了三颗星星身上……很快，他们看到了远处自己所在的星座。

"看见了吗？那是咱们的位置。"艾斯米拉达轻声说，她的两个朋友也认真地点点头。"如果少了咱们，它真的就称不上是一个星座了。从这儿能看清楚，布林克，你是爪子，在那儿，再往下边一点。你，舒珀，不会吧，你是心脏。"艾斯米拉达兴奋地喊道，挥舞着自己的星星围脖。

"而你，艾斯米拉达……"舒珀开口了，眼睛瞪得大大的。布林克的脸颊又因为兴奋闪起红光。"是的。"艾斯米拉达的声音轻极了，"我是眼睛，所以我这么绿。我是狮子星座的眼睛。"

就这样，所有的星星都回到了自己的位置上。阳光夫人还能再休息一会儿。满月先生的肥屁股舒服地坐在一朵忘了归还的急救云朵上。舒珀和布林克虽然筋疲力尽，但满心欢喜地在他们的口袋里闪着光。艾斯米拉达呢？

　　艾斯米拉达在夜空中闪烁着，比以往更明亮，更耀眼。因为她知道，就在这时，有一双眼睛——也许是你的眼睛——正望着她，注视着她。

卡特林·沙特 (Kathrin Schadt)

1979年出生于德国斯图加特。曾于柏林和莱比锡的
德国文学研究院攻读哲学、拉美文学研究以及比较
文学。2014年起开始出版绘本，小说，科普作品。

拉里莎·劳勃 (Larisa Lauber)

毕业于德国柏林艺术大学。2001年起成为自由
插画家，并为德国和欧洲的各大动画电影设计角
色，制作动画，同时也担任一些动画短片的导演
和制作人。

丢失的星星

DIUSHI DE XINGXING

Text by Kathrin Schadt

Illustrations by Larisa Lauber

Originally published under the title:

Der verlorene Stern

© Schaltzeit Verlag, Berlin(Germany)

www.schaltzeitverlag.de

Simplified Chinese translation copyright © 2018 by Shanghai Educational Publishing House

ALL RIGHTS RESERVED

本书中文简体字版权通过版权代理人高渝梅获得

本书中文简体字翻译版由上海教育出版社出版

版权所有，盗版必究

上海市版权局著作权合同登记号 图字09-2017-576号

图书在版编目(CIP)数据

丢失的星星/（德）卡特林·沙特文；（德）拉里莎·劳勃图；

高渝梅译. 一上海：上海教育出版社，2018.4

（星星草绘本·心灵成长系列）

ISBN 978-7-5444-8246-2

Ⅰ.①丢… Ⅱ.①卡… ②拉… ③高… Ⅲ.①儿童故事－图画故事－德国－现代 Ⅳ.①I516.85

中国版本图书馆CIP数据核字(2018)第067590号

作　　者　[德]卡特林·沙特/文
　　　　　[德]拉里莎·劳勃/图
译　　者　高渝梅
策　　划　心灵成长绘本编辑委员会
责任编辑　管　倚
美术编辑　林炜杰

心灵成长绘本

丢失的星星

出版发行　上海教育出版社有限公司
官　　网　www.seph.com.cn
地　　址　上海市永福路123号
邮　　编　200031
印　　刷　浙江新华印刷技术有限公司
开　　本　889×1194 1/16 印张 2.5
版　　次　2018年4月第1版
印　　次　2018年4月第1次印刷
书　　号　ISBN 978-7-5444-8246-2/I·0097
定　　价　32.80元

如发现质量问题，读者可向本社调换　电话：021-64377165

报……这样的品格亮色，没有虚华，只有温度。

但渐渐地，我们觉察到色相的转折。一点一点地，明亮的暖色里加入一抹蓝色，并且逐渐增多。起先，蓝色作为互补色，恰当地隐藏在了大面积橘色的边缘，衬托出狮子那明亮的暖色，使其非但不显单调，反而更加纯净有力。但当蓝色的面积超过橘色的面积，大狮子与天空融合成同样明净高远的浅蓝时，那纯净的色彩，就令人觉出些许不安了。之后，大狮子被包裹在浓浓的蓝色忧郁里面，无论在梦境中还是在现实里，那明亮的光芒好似燃烧殆尽，不复存在。这些色彩的变化都暗示着狮子身心境况的变化，这种变化，画外的读者可以看得清清楚楚，但画中的猫却一无所知，照旧没心没肺。看着大狮子在浓重的幽蓝色下孤独悲伤地哭泣，我不由自主地想起了毕加索蓝色忧郁时期的那些作品，心情也随之阴沉下去。狮子一味地付出，身心早已疲惫，但它却不敢坚持自己真实的心声，直至不堪重负而倒下，多么令人悲哀。

始终以正大无私的姿态自居，却不能把握好界限和度，只知付出，却不懂得沟通，这样的狮子只能导致自己不被看见、不被理解、不被关心。有谁能够在只出不进的状态下，始终保持着满满的正能量呢？狮子的力量终于被透支完毕，它变成了一块石头，金色依旧，却毫无生气。看看那背景，各种灰色与金色石狮的色彩没有一丝交集，喻示着关系的石化，狮子就这样陷入了无法自拔的困境。

但佐野洋子这回并没有让故事就这样在悲伤中结束，在狮子沉睡了几百年后，终于有一个同情和关心的声音出现了：

"它一定是累坏了。"

刹那间，一种崭新的良性关系在纯真的心灵之间激活了！大狮子被小猫唤醒，蓝色忧郁的魔咒被解除，内心的热情重新汇聚。披戴着一身金灿灿的光芒，大狮子再次飞上天空，耀眼的光芒再次烛照大地，它再次成为小猫们的英雄。那么，这回它们能够迎来完美的结局吗？

佐野洋子：用色彩讲述童话的大师

公益小书房儿童阅读培训讲师、儿童美术教师　潘晓明

图画书表现的元素何其丰富，而色彩作为其绘画部分的艺术语言，在其中起到的作用值得我们重视。创作出经典图画书《活了100万次的猫》的佐野洋子，在《飞上天空的狮子》一书中向我们展示了如何精妙地运用色彩手段来讲述经典童话。

我们看到这本书的封面时，立即就会被那张橘色的、宛如太阳般明亮的面孔吸引。橘色，那是最温暖的颜色，是阳光的色彩，比火红色更鲜明，也更亲切，仿佛一下就能把人内心深处的每一个角落照亮。而那流动激荡的笔触，表现了强大的能量，给人一种无所不能的印象，仿佛这头大狮子在随时准备张开怀抱，给人以温暖和支持，令人情不自禁地想去拥抱它，并寻求它的帮助。这色彩和笔触让人不由得想起那位天才的凡·高，他的画也总是如此明亮热烈，如同他的为人般热情似火，像要将人燃烧！

打开书页，只见一头大狮子施施然坐在画面中央，它的眼神清澈如镜，身边簇拥着许多毛色灰暗、样貌平凡的猫。仔细去观察那些配角的灰色，其间也有红有绿，但都降低了纯度，与主角的明亮暖色形成鲜明的对比。这种色彩对比使得主体更加凸显，并影响到周边的色彩，使原本平淡的环境色也因之灼灼其华，熠熠生辉。外表辉煌的狮子却不妄自尊大，它望着每天聚在自己身边的猫，想的是："我该为它们做些什么？"然后，它用行动表达了自己对强大的理解：夺目的光芒是用来温暖世界的，出众的能力是用来回报大众的，上天赐予你强大是为了知恩回馈。于是，谦卑的狮子一腔热血地飞上天空，一次又一次，完全不计回